利玉芳 著
Poems by Li Yu-Fang

顏雪花 英譯
Translated by Catherine Yen

簡瑞玲 西譯
Traducido por Jui-Ling Chien

島 嶼 的 航 行

The Voyage of
Island

利玉芳漢英西三語詩集
Chinese - English - Spanish

台灣詩叢 • Taiwan Poetry Series 08

【總序】詩推台灣意象

叢書策劃／李魁賢

　　進入21世紀，台灣詩人更積極走向國際，個人竭盡所能，在詩人朋友熱烈參與支持下，策劃出席過印度、蒙古、古巴、智利、緬甸、孟加拉、馬其頓等國舉辦的國際詩歌節，並編輯《台灣心聲》等多種詩選在各國發行，使台灣詩人心聲透過作品傳佈國際間。接續而來的國際詩歌節邀請愈來愈多，已經有應接不暇的趨向。

　　多年來進行國際詩交流活動最困擾的問題，莫如臨時編輯帶往國外交流的選集，大都應急處理，不但時間緊迫，且選用作品難免會有不週。因此，興起策劃【台灣詩叢】雙語詩系的念頭。若台灣詩人平常就有雙語詩集出版，隨時可以應用，詩作交流與詩人交誼雙管齊下，更具實際成效，對台灣詩的國際交流活動，當更加順利。

　　以【台灣】為名，著眼點當然有鑑於台灣文學在國際間名目不彰，台灣詩人能夠有機會在國際努力開拓空間，非為個人建立知名度，而是為推展台灣意象的整體事功，期待開創台灣文學的長久景象，才能奠定寶貴的歷史意義，台灣文學終必在世界文壇上佔有地位。

　　實際經驗也明顯印證，台灣詩人參與國際詩交流活動，很受重視，帶出去的詩選集也深受歡迎，從近年外國詩人和出版社與本人合作編譯台灣詩選，甚至主動翻譯本人詩集在各國文學雜誌或詩刊發表，進而出版外譯詩集的情況，大為增多，即可充分證明。

　　承蒙秀威資訊科技公司一本支援詩集出版初衷，慨然接受【台灣詩叢】列入編輯計畫，對台灣詩的國際交流，提供推進力量，希望能有更多各種不同外語的雙語詩集出版，形成進軍國際的集結基地。

2017.02.15誌

目次

遊街

抵達一個城市
詩人又把摺疊好的國旗展開
興奮時，將布旗擁抱自己的身體

獅子旗　還在前進的隊伍中沉睡
街道開始在怒吼
象徵自由威權與責任的老鷹旗幟
盤旋在我們的頭頂
陽光　這裡　那裡　照耀著

台灣，你們在哪裡？
在這裡（我剝下一片中南美桔皮）
台灣，你們在哪裡？
PRESENTE（西班牙的舌尖讚聲）
台灣，你們在哪裡？
PRESENTE（我咀嚼著高冷的甜甘蔗）

男孩的黑皮鞋

孤獨的聖地牙哥德丘科
黃昏的山城，偶雨
男孩朗誦著巴耶霍的詩
聲波從他黑瘦明亮的眼神竄流

雙手交叉，撫觸囚禁過的胸膛
不時托住下顎，抬頭
向天井邀月
止不住顫動的嘴唇
像築巢的飛鳥啣著一朵黃玫瑰
男孩黑色的舊皮鞋
蹭蹬兩聲
我裸露的心哪！在地板上癲狂

牽著故鄉的女孩

——寫祕魯VALLEJO（巴列霍）的鄰居

照顧弟弟的白淨小女孩
牽著她的弟弟到處跑
出現在我們遊行的隊伍裡
在早餐店，在菜市場
在巴列霍紀念館的屋簷下

晚會，頒發結業證書的康樂場所
小女孩牽著她的弟弟出現在那裡

將來長大後，我想
小女孩會成為一位健美又熱忱
微笑時露出皓齒的小姐
我想，她必樂意唱故鄉的歌

她必暢談家鄉事
甚至解說2017那一年，冬天
六個來自亞細亞

喜歡巴列霍VALLEJO的台灣詩人
拜訪過她們的故鄉

女孩一面牽著她的弟弟
一面追趕三輪計程車
這時我們正前往巴列霍長眠的墓園

聖地牙哥德丘科（Santiago de Chuco）
巴列霍的墳塚邊邊，冒出酢醬草
牽著故鄉的女孩說遇見了幸運草

櫻桃祭

——太宰治

膨脹著憂鬱水份的梅雨
使枝椏上的櫻桃
拒絕成熟

掙扎的三十九歲
你以紅裡透黃的高度
墜落

一個圓形符號
未到不惑之年的果子
劃上青春句點

其他的留給六月
懷思櫻桃祭的女人
舔一舔酸甜的滋味

留給年輕的粉絲
一串串櫻桃項鍊
掛在人間失格的墓碑上

靜下來的時刻

靜下來的時刻
火車繼續趕路
太陽即將燒盡
旅人的話題正點燃山頂

晚霞
少數飄進車廂
多數躑躅窗外
風景

雙魚的眼睛不睡覺
游向天河
駱駝背著雙峰的身世
輕輕地來敲門

鬆開緊握的拳頭
讓鴿子

啄食
我有些發痲的手

靜下來的時刻
一匹名叫獨立的蒙古野馬
舔醒
我的夢

窗邊的女人唱起台灣老歌
載著新思維的列車
恰好穿越山溝
開往首都烏蘭巴托

黑島之眼

黑島，聶魯達的居所
那裡必擁有與眾不同的自由

樓閣窗前刺人的灌木叢
不能阻礙你向海的眺望
你甚至回應太平洋沿岸的呼聲

跳躍的魚
一不小心歌唱著就被捕獲
蜷曲在熱熱的鐵板上

從前，智利右翼士兵
潛入你家的後花園挖掘武器
找到去除魚鱗的工具
更多的是堆疊的詩句

商品陳列在紀念館
咖啡杯燒烙著聶魯達的眼睛
於是，我買下你的左眼

享受一杯卡布奇諾的早晨
你用一隻眼
閱讀台灣食安
正視著鮮奶的濃稠
比起流進體制內的塑化劑
誰的毒來得輕重

毫無偏見的眼角無故添了新愁
你瞧不起遲未冬眠的王朝
他們竟然看不起自己的人民
甚至譏諷人民是皇民的後裔

註：黑島（Isla Negra）──智利聶魯達館之一

島嶼的航行

1.

游輪順風離開台灣
於是妳住進另一處殖民島

妳的身分立刻被認同
給予妳行動的自由

未來
生活在這艘打造的城鎮
管轄權仍歸屬於它

妳群集海鳥
不撒網
不擔心沒有漁獲

2.

船逆風　繼續實踐它的航行主義
忽遇暗流
船身劇烈的搖晃　使妳偶然暈眩

若非夕陽
拖曳著錦雞一般豔麗的長尾巴
劃開海天

這備受紛爭的色彩與界線
妳以為看見爐灶裡一把燒紅的火鉗
夾出　煨熟的甘藷

3.

歌劇院的舞台上
西班牙女郎含著
比她的唇更紅的玫瑰

翻個身
翹臀夾住了
一邊跳著踢踏舞
一邊敲擊著圓潤皮鼓的鬥牛士

看戲的妳
跟隨掌聲
慰勞自己歇下辛苦的擔子

4.

妳好像收割娛樂
滿足地回房就寢
聽下鋪　差一點被出賣的童年故事

夜滔滔不絕
陳述著她記憶裡的舊帳
一邊指控　一邊清算

戰後出生的妳
似乎被島國發生的哀怨
磨練出異質的慣性

關於她的不幸
冷靜得不影響妳的睡眠
尚能發出節奏咬牙的鼾聲

殊不知
黑色的海域整晚下著毛毛細雨
暗潮絞盡腦汁欲凌遲妳的美夢

5.

雨依舊綿綿
游輪　向福岡申請靠岸
於是妳
移動海傘間
登陸更大的島嶼

妳隨著飛躍的
球
追到全壘打邊緣
尋找雅虎棒球場
金雞獨立式的足跡

6.

通往太宰府古蹟
筆直微微有坡度的街道
紅豆煎餅的香味
溢出赤月祭的旗幟

先拜謁再用餐
先淨身後行禮
禮節的約束
使妳傾注前行
覆蓋妳的飢餓

7.

太陽終於露臉了
原子彈轟炸長崎
豈是無目珠

編故事的米軍機說當初
被魔鬼的濃霧矇騙了
投擲的目標……本是個無人島

那麼
歷史表錯情的記載
一下子屆滿七十年

屋前的竹影還燒烙在門板上
時間的鐘擺拒絕脫序的搖晃

和平的鐘聲
敲響
妳再靠近一點
深深地向原爆點
彎腰鞠躬

樹上跳躍的烏鴉已調整好牠們的嗓子

人工瀑布淙淙流洩
澆熄　灼熱的大地
妳的喉嚨忽然乾渴刺痛

8.

使者雄偉的雕像
佇立祭壇

祂一手指天
災禍從天上來
平伸的右手
呼籲人類平和　釋放野心
左腿內縮
象徵苦難的土地需要靜養復原
右腿　隨時起步拯救世人

妳
將紙鶴
野放鮮花與禱詞間

9.

斜陽幾乎穿透船尾餐廳
帷幕外　溫馨的長崎港
小學生們頻頻向大船揮別

晚宴開始了
船長、商務主管都來了
服務生暫停端盤上菜
由皇家宮廷式的兩側樓梯出場
舞動著白色餐巾
好像鷺鷥歸巢的人字型排列

魔術師則變出一隻海鷗
放走牠
逐浪去了

10.

偶爾停泊甲板上
午後的酒吧
妳邂逅海洋詩人

斟一杯墨西哥啤酒
敬邀
從不畏懼浪濤的靈魂

落日映照妳的兩頰
微醉的鷗鳥潤喉哼唱
島嶼的回航

冰島鹽湖浴

乾渴的舌頭
舔出鹽分的語言
肌膚沒有新的傷口
仍舊期待鹽浴的療效

抓一把白色泥漿
這特調的面膜
是從地熱噴發的冰與火
人人塗抹自己的臉

白色的妳你　白色的我　白色的她他
彼此看過來看過去
並不像台灣現代史所指證的那麼恐怖

耳朵聽過來聽過去
嘴巴說過來說過去
並不像有耳無嘴互相訕笑的年代

我泡浸在地熱噴發的冰與火
學北海鱈魚漂浮浴場
似有一股鹽的力量
輕輕地將我推出水面

夢境猶新

──遇見馬偕

腳步蹣跚，我來遲了
身體還是奮力向前傾
爬上馬偕街的斜坡

興沖沖地趕來
老教堂的雞蛋花開了
馬偕巷的細雨飄落我身

馬偕銅像守著大街
瞻望淡水
您究竟在等候誰人？

予我想起之前的夢
您揹著木槍，攜帶平埔壯丁
離開淡水，竄進叢林

您的頭盔被雞屎藤纏繞
發現宜蘭時
大聲榮耀主：尋著了葛瑪蘭

您給貧窮獵肉
給荒蠻添煤油
您的目光如魚，洄游淡水
擦拭婦女猶豫的心鏡
教她們讀書、識尊嚴、爭女權

漂泊的腳程訪問真理教士會館
遇見馬偕博士
您的身影已成為章節史蹟
您戴的頭盔還散發著藤蔓的草香
我的夢境猶新

淡飲洛神花茶的早晨

——一九九九年二二八和平紀念日

植一株木棉
單純為了辨識地界

正月掉光葉子的樹幹
赤裸裸是為了等待班芝花開
紅遍枝椏的二月
是屬於春天裡野鴿子的饗宴

屬於我淡飲洛神花茶的早晨
逢二二八紀念日
洛神花有辛酸的滋味
木棉花染著悲哀的色彩
異樣的幻覺
是我追悼的一種儀式嗎
一群白鴿正好飛過

一顆心的重量

我收到一封信
信裡夾帶兩顆紅豆

讀著你的老實和善良
思索你的耐心和堅強
你欲言又止……半天說不出一個愛

用心組合的愛呀
紅豆包裝你的木訥
傳遞你隱藏的心意

輕輕的一顆相思
擔負起一顆心的重量
盼望愛有結果

地震，震出我的更年期

壓制不住的怒氣吧
倒楣的結婚照
從牆上被扯下
砸毀在幸福的臥房
九二一大地震
震出一次失和的記憶

適那夜起
遂放棄眠床
一顆怕被碎片割傷的心
守著沙發
每當凌晨一點四十七
壁鐘準時叩我一下
我既不能掌握
地震　何時會再出軌
又無能防止它的行徑
永不背離我

早晨醒來
母親的一張臉
趁虛出現在我的鏡前

獵人與我

我是昔時發現日月潭的白鹿
追逐吧
我就在前方
那植滿桂花的家鄉小徑
跳躍

野薑花叢下
和長滿山蕨的陰暗小丘上
到處仍遺留我倉皇的腳印

當一隻夜鷺
站在舢舨上打瞌睡的解嚴早晨
從前
我那些
怯懦的
藏起來的
奔竄而凌亂的腳印

全部都溜出來了
在桂花林間
一邊踢著太陽掉落的鱗片
一邊呼吸著初秋的空氣

獵人
循著湖畔赤裸的足印
追逐吧
且拉開你的弓箭
虜獲我

斷尾壁虎

在窗內
一次狩獵的時候
尾巴忽然被我關在黑夜
在窗外

當壁上升起一隻劫後的影子
良心就投射著一個殘缺的疤痕
雖然矯捷的爬行
已解說了牠的再生

如果一顆心
被我關在窗外
那麼受傷的愛
如何再生

牆的刺青

母校含淚
為學子刺青

右手
保密防諜人人有責
反共抗俄還我河山
左手

牆
伸出
痛的胳臂

寧靜革命

官員安慰的說：
台灣是由寧靜革命走向民主之路

啊！是啊
這條路
是島上的民運人士
寧靜地坐著黑牢
羨慕門縫下的蟑螂自由出出入入
走出來的呀

是囹圄火燒島
在妻子身邊缺席的男人
一紙一筆寫下的革命啊
是我豐富的幻覺
想像早春矇矓的白霧
遮掩了火車站廣場那片血腥且凌亂的視線
想像槍口下的哀鳴

寂寞無聲地流向曾文溪出海
起而以詩抗爭的呀

是溫和的手
背後
靜靜以暗夜推展民主的功勞呀

闖入花田的孩童們

闖入農舍的孩童們
看見籠筐裡糾結成堆的蠶
驚嚇又興奮地尖叫

好奇地算一算蠶究竟有多少
加上覆蓋在桑葉底下快活吃食的
大約有八百多隻

超出分貝孩童們的尖叫聲
彷彿暮鼓晨鐘久久迴盪在曠野
那一年一九四七
那一天二月二八

報告殉難者一千九百四十七
重新估計死亡人數兩千兩百二十八
加上躲藏在桑樹底下離奇失蹤的
大概有一萬多

到了紀念日
圖畫變成黑白
彈奏的指頭變柔軟了
我的農田也撒滿同情的種子

季節性來臨的時刻
波斯菊紅紅紫紫開了一萬八千朵
加上覆蓋土地哀傷的白花
也有兩萬八千朵

放和平假闖入花田的孩童們
高分貝興奮的尖叫聲
招徠數不清好奇的黃蝶

獵霧記

1. 登霧台

通往霧台的路上
舊日的鐵線吊橋
猶在童年跪爬的水影下
混濁　尖叫　暈眩　搖晃

三地門不設關卡
順利通行
隘寮溪沒有隘口

名叫什麼颱風來的
怒氣扭斷了橋梁
人民在挫敗中再築起新橋
連結原生的土地

這座霧霧的山頂
可是當年由故鄉仰望
老鷹展翅上騰的高山嗎

櫻花路已含苞蕊蕊
確信春天
攀登了霧台的枝頭

2. 大姆姆山

軟綿綿的雲喲
紫色灰色朵朵玫瑰色
慈恩的雲
遮蓋大姆姆山

輕功飛奔的雲
玫瑰色的雲喲

慈恩的大姆姆鬆解衣襟
微風下有了動靜

大姆姆隆起的山丘
飽滿的乳房
掩護著出沒的生靈

3. 小百合的淚水

星星很久沒出現夜空了
想尋覓霧台上點點閃耀
淺酌兩杯

卡拉瓦太太走過來
跟我們說話
強調魯凱族人不愛喝酒
這話使我的酒杯翻轉

又說
空酒瓶是一排愚笨的吊飾
濃濃的小米酒
泡過歌舞
泡過部落的悲喜
酒一不小心
就會泡出小百合的淚水

4. 台灣愛玉子

台灣愛玉子
何等斯文的名字
這等野性植物
能夠攀爬三層樓高

愛玉子授粉
透過共生的小蜂媒

在公花母花之間忙碌
傳播辛酸與浪漫
霧霧的黃昏
難得Q彈剔透
品嘗一碗
蜂蜜檸檬愛玉子吧

完妹，畫像無痕

完妹，安靜地坐在畫像裡
天窗灑下流動的塵埃
光裡含著樹蘭花黃色的顆粒
像一束簪花插上她的髮髻
光線緩緩地挪移
黑色的大襟衫顯耀出莊重優雅
金戒指、銀手鐲在多皺紋的手腕閃亮
裙襬露出圓頭繡花鞋
完妹沒有纏足

完妹住在畫布裡
實心木的圓桌
鋪上白色雷絲巾
魚肉挪去。猜忌挪去。操勞挪去。幻聽挪去。
青瓷花瓶擺上
彩虹彎彎的扁擔將回憶擺上

親情的溫杯擺上
數朵薔薇話花語

完妹，靜坐黑白的畫布裡
她的眼睛
注視著我向左　向右移動的腳步
我不再試探她的愛
完妹，畫像無痕

破殼的朝陽流出蛋黃的腥味

忘記是幾號碼頭
忘記了渡輪的船名
清楚記得1973，我結婚那一年
一艘　滿載著青春女性勞工
中洲開往前鎮高雄加工出口區的　船
漸漸駛離　充滿活力的港灣
是時
破殼的朝陽正流出蛋黃的腥味

風浪偶然撞擊著柴油洩漏的汙漬
生產績效偶然撞擊著出口榮譽
學歷不是問題，夜校生可以錄取
全勤獎金正是女工的籌碼

出勤卡千萬莫出現紅字啊！
時間是準確的
船！拜託別遲到！開快一點！

船東訴苦：女工們爭先恐後
船上的腳踏車也擠來擠去
使機械的血液循環不佳
船頭暈眩，故障中風了

船身突然翻覆
全國新聞溺斃了二十五位淑女
1973年，我的筆尖，斷了墨汁
勞資雙方
如何地心急迫切，嫌疑剝削
我的詩結結巴巴

四十五年轉眼過去了
釀禍的浮油已經打撈得乾乾淨淨
破殼的朝陽依然流出蛋黃的腥味

作者簡介

　　利玉芳，1952年生於屏東縣內埔鄉，《笠》詩社、《文學台灣》會員。

　　詩集：《活的滋味》、《貓》中英日譯文詩集、《向日葵》、《淡飲洛神花茶的早晨》、《夢會轉彎》、《台灣詩人選集——利玉芳集》、《燈籠花》。

　　榮獲1986年吳濁流文學獎、1993年陳秀喜詩獎、2016年榮後台灣詩獎、2017年客家「傑出成就獎——語言、文史、文學類」。

英語譯者簡介

　　顏雪花，台南市人，現任洛克菲勒基金會亞洲文化協會南三三小集執行長，台英華文學創作及英譯者，藝術收藏者和評論者，高雄美術館典藏委員，曾任國家文化藝術基金會（視覺藝術／藝文環境發展）專案評審，佛光山佛教美術圖典執行中英譯者，IBM公司退休；2013年獲吳濁流文學新詩正獎。 著有詩集：《千年之深》、《踦佇光箭頂的詩》及藝術評論圖冊：《霽月光風—虛谷上人作品賞析》。

【英語篇】
The Voyage of Island

CONTENTS

Parade on the Street

Arriving at a city
The poet unfolds the overlapped flag
To wrap his body when he is exciting.

The lion flag slept in the forwarding parade
The street began to roar
The eagle banner symbolized freedom, authority and responsibility
Hovered over our heads
Where the sun was shining

Taiwan, where are you?
Here! (I peeled off one orange skin of Central and South America)
Taiwan, where are you?
PRESENTE (The exclamation of Spanish tongue)
Taiwan, where are you
PRESENTE (I chewed the sugarcane it grows high and cold)

The Black Shoes of a Boy

The lonely Santiago de Chuco

It occasionally rains at twilight of the mountain city

The boy chanted the poem of VALLEJO

The wave of sound flows through his dark, thin and bright eyes

Crossed the hands and touched the imprisoned chest

Constantly holding the jaw and heads up

To invite the moon from the patio

Cannot stop the trembling lips

Like the nesting bird with a yellow rose

The black old shoes of the boy

Treading two sounds

Oh, my naked mind is a craze on the ground.

The Girl Held Her Hometown

—Vallejo's Neighbor in Peru

The neat and tidy little girl took care of her little brother

Holding his hand to fool around

They appeared in our parade

In the breakfast store, in the market

Under the roof of Vallejo's memorial hall

In the evening party, a venue of issuing the certificate

The little girl and the boy appeared

One day when she grows up, I think

She will become a healthy and enthusiastic lady

With bright smile and white teeth

I think, she would love to sing the song of her hometown

She would love to talk freely about her hometown

She would even talk about the story of the winter in 2017

There come six Taiwanese poets in Asia

They love Vallejo
And visited their hometown

The girl held her little brother
Chasing after the Taxi-bike
We were forwarding to the grave yard of Vallejo

Santiago de Chuco
At the edge of Vallejo's grave yard, grew the sorrel
The girl held her hometown and met the clover

Cherry Festival

—Osamu Dazai

Swelling the gloomy and moist rainy season
Cherries on the branches
Refuse to ripen

The struggled thirty-nine years old
You fell by the height
Like a sour cherry

The round token
Like a fruit un-reaching its maturity
Draw to its end of youth

Remaining the rest to June
The women yearned for the cherry festival
Licking the taste of sour and sweetness

Leaving the young fans

A string of cherry necklace

Hanging on the tomb stone of "No Longer Human"

Moment of Tranquility

Moment in tranquility

The trains hurtles on its journey

The sun is going to roll down

The topic of the travelers is igniting the hill top

The sunset glow

Few were flowing into the carriage

Most were treading the scene

outside the window

The eyes of Pisces did not sleep

Swimming to the sky river

The camel bears the destiny of two humps

Knock the door lightly

Loosen two tight fists

Let the pigeon

To peck
On my numb hand

The moment of tranquility
A Mongolian wild horse called "Independence"
Awakens my dream
By its licks

A woman sings Taiwanese old song by the window
Carries the new thought train
Just pass through the valley
Bound for the capital Ulan Bator

The eyes of the Black Island

Black island, Neruda's residence
It owns the distinctive freedom

In front of the window of the attic there are stabbing bushes
Cannot hamper you to look up the distant sea
You can even echo the vociferation from the shore of Pacific Ocean

The jumping fish
Would be captured accidently when they were singing
Curved on the hot steel plate

Long before, the right wing of Chili's soldiers
Sneak into your back yard to dig the weapons
They found tools to remove the fish scales
And more piled poetries

The merchandise were displayed in the Memorial Hall

The coffee cup burnt Neruda's eyes

I therefore bought your left eye

Enjoy a cup of Cappuccino in the morning.

You use one eye

To read Taiwan's food safety

Stare at the density and creamy of the milk

Comparing with the plasticizer infused in the system

Which poison is worst?

The sorrow increased in the eyes without a cause or prejudice

You looked down upon the empire without a late hibernation

They can hardly despite their own citizens

They even satirized the people are the descendants of imperialization

Remarks: Isla Negra is one of Neruda's Memorial Hall

The Voyage of Island

1.

The ship left Taiwan in favorable wind
You therefore entered one colony island

Your identity was recognized immediately
Rendered you a free movement

In the future
Living in this established town
The sovereignty still attributed to it.

You grouped the sea birds
Did not throw the net
Never worry about reaping the fish

2.

Against the wind, the ship continued to accomplish its voyage
Suddenly encounter the undercurrent
The ship vibrated heavily and made you dizzy at times

if it were not the sunset
Towing the glamour long tail of golden pheasant
To split the heaven and sea

The fully disputed colors and boundaries
You assumed you saw a heat and red fire tong in stove
Take out the roasted sweet potato

3.

On the stage of Opera House
The Spanish girl holds
A rose in her mouth is more reddish then her lips

Turn around the body
The raised hips clipped
The bullfighter hits the round leather drum and
dances the tap dancing at the same time

You watch the play
Follow the applause
Comfort yourself by laying down the heavy burden

4.

You seem to reap the entertainment
Satisfactorily go to the bed
Listening to the beneath bed an almost betrayed story of the childhood

The night is a torrent
Telling the old matters in her memory
She accuses and liquidates at the same time

You were born after war
Seems to be cultivated a distinguished inertia
By the grief of the island

Regarding her misfortune
Calm for not impacting your sleep
Still able to utter the sound of snoring and teeth grinding in rhythm

You may not know

The black sea was raining all night

The dark tide racks its brains to torture your sweet dream

5.

Rain drops keep falling

The ship applies to reach the shore of Fukuoka

You therefore

Move between the umbrellas

And land onto a bigger land

You follow the jumping

ball

Chase after the edge of home run

Searching for the Yahoo Baseball field

A trace to stand by one leg

6.

The way to Dazai historic relics
The straight street with a slight slope
The fragrance of red bean cake
Overflow the flag of Red moon festival

To pay the respect first then to eat the meal
To clean the body then to salute
The restriction of etiquette
Lead you to forward attentively
And cover your hunger

7.

Finally the sun is rising
The atom bomb bombarded Nagasaki
It has no eyes

The American military aircraft narrated a story
They were deceived by the devil fog
The bombing target should be an uninhabited island

Then
The record of the laughable mistake
Had been seventy years

The bamboo shadow is still flaming on the house gate
The pendulum of time refused to swing in disorder

The bell chime of peace

Echoes the sound

You may come closer

Bowing deeply

To the original explosion site

The jumping crows have tuned their voice

The artificial waterfall flows

To quench the heat of earth

Your throat with a sudden thirst and stab of pain

8.

The grand statue of emissary

Standing on the altar

He pointed to the sky with one finger

The disaster came from the heaven

The stretched right hand

To appeal human peace and release the ambition

The pull back the left leg

Symbolized the suffered land need appeasement and recovery

The right leg to set out at all times to rescue the world people

You

Put the paper crane widely

Between the flowers and the payers .

9.

The slanting sunset penetrates the restaurant at the ship end

Outside the curtain is the warm Nagasaki harbor

The students wave hands to the departing big ship

The night banquet begins

Captain, commercial officer arrive

The waiters suspend to furnish the dishes

They appear from both side staircases in Royal style

Waving the white napkin

Like the heron return home arrayed by herringbone shape

The magician turns out a sea gull

Let it go

To chase the sea wave

10.

Stopped on the ship deck at times

The bar in the afternoon

You happened to a poet who writes ocean

To pour a cup of Mexican beer

Invite

The fearless soul toward the waves

The sunset reflected on your cheeks

The drunk seagull moistened the throat and sang

The returned voyage of island

Bathing in Salt Lake of Iceland

The thirsty tongue

Licks the salty language

None of a new wound on the skin

Still expecting the efficacy of salt bath

Grabbing a handful of white mud

The special blending of facial mask

Is the ice and fire erupted from the earth heat

Everyone plasters one's own face

The white you, white me and white he and she

They look one another

It's not like the horror testified by Taiwanese Modern History

The ears hear all around

The mouths talk all around

It is not like the era that people randomly mock one another

I bath in the ice and fire erupted from the earth heat

Pattern after the codfish to drift in the bathing field

Seems a strong flow of the salt

Slightly push me onto the surface of the water

The Dream is Still Fresh

—Meet Mackay

Stumbled the footsteps, I am late

Slanting the body and struggle forward

Climb to the slope of Mackay Street

Hurry up for Mackay

The frangipani is blooming in the old church

The rain falls on my head while in the lane of Mackay

The bronze statue of Mackay guards the street

Look far ahead of Tamsui

Whom you are waiting for?

It reminds me of a dream long ago

You bore a wood gun, led the young men of Pin Pu

Leaving Tamsui for a jungle

Your helmet was intertwined by Chinese Fevervine

When you discovered Yi Lang

You glorified the Lord loudly: you found Kavalan

You gave the poor hunting meat

Bestow the wild and steep hill paraffin

Your eye sight is like fish swimming in Tamsui

You wiped the hesitated mind of the women

Educate them to read, to know dignity and fight for woman's right

The wandering footsteps visited Aletheia Missionary Hall

To meet Dr. Mackay

Your figure has become the chapter of history

The helmet you wore are still distributing the fragrance of vine

My dream is still fresh

Drinking Lightly the Roselle Tea in the Morning

—1999 228 Peace Memorial Day

Planting a Kapok tree
Simply to distinguish the boundaries

The leaves on the trunk have fallen in January
The nudity is waiting for the blossoms of the flowers
Redden the branches in February
It's a banquet of the wild pigeons in spring

The morning belongs to me, drinking lightly the roselle tea
It's 228 Peach Memorial Day
The roselle tea has the taste of sour and bitterness
Kapok tree cover the sorrowful colors
Is the unusual illusion
A ceremony I am mourning for?
Flying over a flock of white pigeons

Weight of a Heart

I received a letter
Two red beans were enclosed

Reading your honesty and kindness
Speculating your patience and strength
You bit your tongue … could not utter a word of love

Ah, the love was combined by hearts
Your shyness was packed by red beans
Delivered your concealed mind

The light yearning
Bearing a heart weight
Wishing a happy end of love

The Earthquake Jolts My Menopause

That should be an anger could not be suppressed

Bad lucks of the wedding picture

Was fallen down from the wall

Smashed in the blessed bed room

The earth quake of 921

Shaking a memory of disharmony

From that night

Abandoned the bed

The heart was afraid of being broken by fragments

Adjoining the sofa

Every time when it's two past thirteen in the morning

The wall clock knocked me once

Neither I can control

The earth quake when it will overstep the bounds

Nor I can prevent its behavior

from betraying me forever.

Awaken in the morning

The face of mother

Appears in the mirror by chance

The Hunter and Me

I was the white deer discovering Sun-Moon-Lake formerly

Chasing vigorously

I was in front of

The path in village planting the osmanthus flowers

Jumped

Under the wild ginger lily flowers

And atop the dark hill with blooming fern

Still leaving my footprints in flurry everywhere

When a night heron

Dozing on the deck in the morning that declared a martial law was

      ended

In the past

For those

Coward

Were hidden

The chaotic rushing footprints

All slipped

In osmanthus trees

Kicking the scales fallen from the sun

And breathing the air of early autumn at the same time

The hunter

Trace along the bare foot of the pond

Chasing vigorously

Pull your bow and arrow

To capture me

The Docked-tail Gecko

Inside the window

While once in hunting

A tail is suddenly locked in the dark night

Outside the window

When a stolen shadow rises upon the wall

The conscience casts a deficient scar

Even though in its agile crawling

Has already explained its revival

If a heart

Is locked outside the window by me

Then how a love that is hurt

Can be revived

Tattoo on the Wall

The mother school is in tears

Tattooed the students :

On right hand :

Security guarding against spies, everybody has a responsibility.

On left hand :

Anti-communist opposing Russia, recovering the lost territories.

The wall

Stretches out

The painful arms.

A Quiet Revolution

An officer says consolingly:

Taiwan's road towards democracy was opened forth by a quiet
revolution

Ah! Yes

This road

Was opened forth

By the democracy activists of this island

Quietly sitting in dark jails

Envy the cockroaches freely to and fro beneath the doorways

A revolution written page by page, word by word

By men imprisoned in Bonfire Island[1]

Were absent from their wives

It was my abundant illusion

Imagining the hazy white mist of early spring

Concealing the bloody and chaotic sight at the railway station square

Imagining the cries of pain from the gunshot

Lonesomely , silently flowing towards Zengwun River to the sea

Rising and resisting through poetry

O credit is due to the gentle hands

From which democracy

Was silently pushed forward in the darkness of the night

Note 1: Bonfire Island, the old name for Green Island, a small island
located off the eastern coast of Taiwan.

The Kids Intrude the Flower Field

The kids intrude the flower field
Finding the tangled and piled up silkworms in the basket
Screaming in scaring and excitement

Calculate how many silkworms in curiosity
Plus those covered under the mulberry leaves and eat happily
Were about eight hundred silkworms

The kids' screaming exceed the decibel
Like the evening drum and morning bell echoed in the wilderness
That year was 1947
The day was February 28

The reported victims were 1947
Re-estimated the dead were 2228
Plus those hid under the mulberry leaves had disappeared mysteriously
Were about ten thousand

Upon anniversary

The picture becomes black and white

The fingers become soft when playing

My farm is spreading with the seed of sympathy

When the season comes

The cosmos blooming in eighteen thousand flowers with red and

    purple

Plus the sorrowful white flowers covered with soil

There were total twenty-eight thousand flowers

The kids take the holiday of peace intruding in the flower field

The screaming with high and exciting decibel

Bringing numerous and curious yellow butterflies

Hunting the Fog

1. Ascending Vedai

On the route to Vedai
The old time iron suspension bridge
Still crawling under the water shade of childhood
Chaos scream dizziness shaking

No barrier of San Di Men
A smooth pass
No gap of Ai Liao River

Whatever the name of the typhoon
Twisted off the bridge by its anger
People rebuilt a new bridge in a defeat
Connecting the native land

Is it the foggy mountain top
Where we looked up at the native place
The eagles spread wings to fly?

The cherry blossoms have been in buds
Ascertain the spring
Has climbed atop the branches of Vedai

2. Mt. Da Mu Mu

Soft the clouds
Purple, gray and rosy colors to each
The merciful clouds
Covered Mountain Da Mu Mu

The dodging and hurtling clouds
Were in rosy hues

Untied the jacket lapel of merciful Da Mu Mu

A sound of movement under the breeze

The rising hill of Da Mu Mu

Plump the breast

Covered the roaming spirits

3. The Tears of Little Lily

The stars have not shown in the night sky for long

Tend to search for the glistening on Vedai

A light drink of wine

Come over Madam Carava

Talk with us

Emphasize Rukai do not like to drink wine

The wording makes my cup overturn

she said

The empty bottle is a silly drop ornament

The heavy rice wine

Infusing with song and dance

Infusing with joy and sorrow of the tribe

When carelessly, the wine

Will burst out the tears of Little Lily

4. Taiwan Ice Jelly

Taiwan ice jelly

What a gentle name

The wild plant

Can climb up to the height of three stories

The pollination of ice jelly

Through the symbiotic media of honey bees

Busy in-between the bisexual flowers

Spread the bitterness and romance

The foggy twilight

Hardly elastic and clear

To taste one bowl

Of ice jelly in lemon and honey

Wan Moi, the Seamless Portrait

Wan Moi, quietly sit in a painting

The sun roof shed the flowing dusts

The light contained the yellow granule of orchid tree

Like a bouquet of flowers insert in her hairpin

Slowly moved the light

The black loose garment with lapel showed the solemnity and grace

Gold ring, silver bracelet were glistened on the wrinkled wrist

Hem of the skirt revealed the round-head embroidered shoes

Wan Moi has no foot-binding

Wan Moi lived in the canvas

The hard- wood round table

Covered by a white lace table cloth

Remove the fish meat, remove the suspicion, the hardship and
acousma

Placed a blue ceramic vessel

Put the memory by a shoulder pole like a curved rainbow

Place the affection of warm cup

A few roses whispered

Wan Moi, sit silently in a black and white canvas

Her eyes

Staring at my steps when I moved to right or left

I don't probe her love

Wan Moi, the seamless portrait

The Morning Sun Shed the Fishy Smell of Egg York from the Broken Shell

Have forgotten the pier's number

Have forgotten the name of the ferry boat

Yet remembered well of my wedding year in 1973

A boat, fully loaded the adolescent female labors

Leaving Chung Chou for Kaohsiung Export Processing Zone

It sailed away gradually, a harbor with vitality

At the time

The morning Sun was shed the fishy smell of egg York from the
broken shell

The wave bumped occasionally the oil stain caused by the leaked
diesel fuel

The productivity struck the export record at times

Academy history is not an issue, the night school students can be
accepted

Full time award is the labors' gaming chip

The attendance card should not appear the red mark

Time is accurate

The boat, please be punctual, and hurry up

The boat owner complained, the labors strived for the first and afraid
    of being late

The bicycles on the boat squeezed one another

The vehicle became malfunctioned by poor blood circulation

Dizzy the boat head like a stroke

The body of the boat overturned suddenly

The National media displayed that twenty five ladies were drowned

In 1973, my pen point ceased the ink

Both sides of labor and capital

How anxiously clarify and suspect the exploitation

My poems stammered

Forty five years passed

The floating oil of the disaster had been dredged clearly

The morning sun still shed the fishy smell of egg York s from the
broken shell.

About the Author

Li Yu-Fang, b. 1952, the native of Ping Tung, Taiwan. Member of " Li" Poetry Organization and "Literary Taiwan" Association; the published poem anthologies including: "The Taste of Living" and "Cat" were published in three languages of Chinese, English and Japanese; and "The Sun Flower", "Drinking the Roselle Tea in the Morning", "The Dream will Turn", "The collective poems of the poets in Taiwan-Li Yu Fang" and "The Lantern Flower". She is the winner of 1986 " Wu Cho Liu" New Poetry award, 1993 "Chen Shiu Si" Poetry award, 2016 "Jong Ho" Taiwan Poetry award, and 2017 "Hakka Achievement Award-in Linguistic, history and literature" . She is also a member of Movimiento Poetas del Mundo (PPdM)

About the English Translator

Catherine Yen , native Taiwan, is the Director of Asian Cultural Council, Taiwan Foundation- 33 South Group; Member of collection committee of Kaohsiung Museum of Fine Arts; Arts collector, Critic and connoisseur in western and Chinese arts; Jury of National Cultural and Arts Foundation in the field of visual arts; English/Chinese translator of Illustrated World of Buddhist Arts of Fuo Guang Mountain; Retired from IBM Taiwan Corporation. She is the winner of 2013 "Wu Cho Liu" New Poetry Award. Publications : poems anthologies of "The Thousand Years Deep" , "The Verse Stands above the Light Arrow".

【西語篇】
travesía
de la isla

CONTENIDO

Desfile

Al llegar a la ciudad
la poetisa despliega la bandera superpuesta,
con ella se abraza y envuelve su cuerpo
en el desfile, cuando está apasionada.

Es la bandera del león que todavía está dormido
cuando el equipo va avanzando.
La calle empieza a rugir.
En la bandera el águila simboliza
la libertad, el orden y la responsabilidad
que se ciernen sobre nuestras cabezas,
donde brilla el sol.

– ¿Dónde está Taiwán?
– ¡Aquí Taiwán, presente! (Pelo una naranja
sudamericana)
– ¿Dónde está Taiwán?

– ¡PRESENTE! (La exclamación española

la llevamos ahora en la punta de la lengua.)

– ¿Dónde está Taiwán?

– ¡PRESENTE! (Mastico la alta, fría y dulce caña de azúcar.)

Los zapatos negros de un muchacho

La solitaria ciudad en las montañas, Santiago de Chuco

donde de ocasión llueve en el crepúsculo.

El muchacho recita un poema de César Vallejo.

La ola de sonidos fluyen a través

de sus ojos oscuros, delgados y brillantes.

Cruza las manos y estrecha su pecho oprimido.

Mantiene constantemente la mandíbula

y la cabeza vuelta hacia lo alto del cielo.

Invita a la luna a bajar al patio empedrado.

Sus labios temblorosos que no cesan, parecen

un pájaro que lleva una rosa amarilla en su pico.

Los viejos zapatos negros del muchacho

crujen en el suelo con dos sonidos acompasados.

¡Oh! mi corazón desnudo baila frenéticamente en el suelo.

La muchacha que vive en el mismo pueblo natal de Vallejo

La niña, prolija y educada, cuidaba

de su pequeño hermano.

Sosteniendo su mano, corriendo como locos por los alrededores.

Aparecieron en nuestro desfile,

en las tiendas, en el mercado,

bajo el techo de la sala conmemorativa de Vallejo.

En la noche de la fiesta, en el lugar donde obtuve certificado de

participación,

la niña y el niño aparecieron.

Algún día cuando ella crezca, creo que

se convertirá en una dama vigorosa y entusiasta,

de sonrisa brillante y dientes blancos.

Creo que le encantará cantar los cantos de su pueblo natal.

Hablará libremente sobre su cuna natal.

Incluso contará aquella historia

del invierno de 2017.

Cuando llegaron seis poetas de Asia,

taiwaneses, a los que les encantaba Vallejo,

y visitaron su tierra.

La niña sostuvo a su hermanito,

persiguiendo a la moto-taxi

cuando nos dirigíamos hacia la tumba de Vallejo.

En Santiago de Chuco,

al borde del camposanto donde se encuentra

la tumba de Vallejo, creció la acedera.

La niña se aferró a su pueblo natal

y se encontró con el trébol.

El festival de las cerezas

—Osamu Dazai

Dilatándose la sombría y húmeda temporada de lluvias,
las cerezas en las ramas
se niegan a madurar.

Al cumplir los sufridos treinta y nueve años;
caíste,
como una cereza amarga.

Un símbolo circular,
como una fruta sin alcanzar su madurez,
anuncia el ocaso de la juventud.

Dejó el resto a junio,
a las mujeres que anhelan el Festival de las Cerezas
lamiendo el sabor agrio y la dulzura.

Dejando a los jóvenes aficionados
un collar de cerezas
colgando en la lápida grabada con un
"Indigno de ser humano".

Momento en la tranquilidad

En un momento de tranquilidad

los trenes urgen su viaje.

El sol comenzará a descender,

el tema de los viajeros está prendiendo la cima de la colina.

El resplandor del atardecer,

pocos fluían hacia el carro.

La mayoría se abría paso en la escena

fuera de la ventana.

Los ojos de Piscis no duermen,

nadan hacia el río del cielo,

el camello lleva al destino de dos jorobas.

Golpee ligeramente la puerta.

Aflojo los dos puños apretados

dejando a la paloma

picotear

sobre mis manos entumecidas.

El momento de la tranquilidad,

un caballo mongol salvaje llamado "Independencia"

despierta mi sueño

con sus lamidos.

Una mujer cantaba un antiguo canto taiwanés asomada a la ventana.

El tren que lleva nuevos pensamientos

justo pasó por el valle

rumbo a la capital, Ulán Bator.

Los ojos de la Isla Negra

Isla Negra, residencia de Neruda,
posee el distintivo de la libertad.

Frente a la ventana de la buhardilla hay arbustos punzantes;
no impiden apreciar el mar en la distancia.
Puede incluso percibir el eco de la vociferación desde la orilla del
    Océano Pacífico.

Los peces que saltan
serían capturados accidentalmente cuando estaban cantando,
retorciéndose en la caliente bandeja de acero.

Mucho antes, soldados chilenos de derecha
se adentran furtivamente en su patio de atrás para cavar las armas.
Encontraron herramientas para escamar pescados
y más poesías amontonadas.

Las mercancías fueron mostradas en la Sala Conmemorativa.
La taza de café abrasó los ojos de Neruda;
por lo tanto, compré su ojo izquierdo.

Disfrutar de una taza de capuchino por la mañana,
puede utilizar uno de los ojos
para leer sobre la seguridad alimentaria de Taiwán,
mirando a la inocuidad de los alimentos y la densidad de la leche
    cremosa,
comprobando con el plastificante infundido en el sistema
cuál de estos venenos es peor

El dolor aumentó en los ojos sin causar perjuicio.
Usted menospreció el imperio que nunca hibernó.
Ellos, que, con desprecio, oprimieron a sus ciudadanos
e incluso los satirizaba por ser descendientes del imperio.

Nota: La Isla Negra es un edificio conmemorativo de Pablo Neruda.

Travesía de la isla

1.

El barco partió de Taiwán con viento favorable
que entró, por tanto, en una isla colonial.

Tu identidad fue reconocida de inmediato;
libre para moverte en el lugar.

En el futuro,
vivir en esta ciudad consolidada,
con su soberanía aún intacta.

Se agrupan las aves marinas.
Sin arrojar la red,
nunca más tendrás que preocuparte por recoger los peces.

2.

Contra el viento, el buque continuó su viaje.
De repente encuentra corrientes en el trasfondo;
el barco vibra fuertemente
y te hace a veces sentir mareada.

Si no fuera el atardecer,
remolcando la fascinante y larga cola de Faisán Dorado
para dividir el cielo y el mar.

La disputa plenamente de colores y límites.
Se supone que viste un calor y un fuego de color rojo vivo en la
      estufa
del que salió un boniato asado.

3.

En el escenario de la Ópera,
la chica española mantiene
una rosa en su boca, es más rojiza que sus labios.

Gira alrededor del cuerpo,
sienta la forma en la que se desplazan sus caderas.
El torero golpea el tambor de cuero redondo y baila claqué, al mismo
      tiempo

Mirando la obra
siga el aplauso
acomódese, poniendo a un lado la pesada carga.

4.

Pareces cosechar el entretenimiento.

Satisfactoriamente te vas a la litera,

escuchando   una casi traicionada historia de la infancia que es

      narrada desde la cama inferior.

La noche es un torrente,

contándole las viejas cuestiones en tu memoria,

ella acusa y liquida al mismo tiempo.

Nacieron después de la guerra.

Parece haber cultivado una inercia

distinguida por el dolor de la isla.

Con respecto a su desgracia,

calma para no afectar tu sueño.

Aún es capaz de pronunciar el sonido del ronquido y rechinar de

    dientes en el rito.

Puede no saber que en el mar negro está diluviando;

toda la noche, la marea oscura busca todas las maneras

para torturar su dulce sueño.

5.

Las gotas de lluvia siguen cayendo,

el buque se prepara a llegar

a la orilla de Fukuoka.

Por tanto, se mueve entre los paraguas

y la tierra es un terreno más grande.

Persigues

la bola que vuela,

que alcanza casi los limites del campo

de béisbol de Yahoo;

alzando una pierna como un flamenco*.

* Se hace referencia al jugador de béisbol japonés nacido en Taiwán, quien, a la hora de batear, era conocido por su técnica: levantar una pierna antes del swing. (N. de la T.)

6.

El camino hacia las reliquias históricas de Dazai,

la calle recta con una ligera pendiente.

La fragancia del pastel de judías rojas

desborda el pabellón del festival de la luna roja,

para ofrecer el respeto primero y luego comer la comida;

para limpiar el cuerpo y luego saludar.

La restricción de la etiqueta.

Le llevan adelante atentamente

y cubren el hambre.

7.

Finalmente, el sol está saliendo.

La bomba atómica que bombardeó Nagasaki

no tiene ojos.

El avión militar americano narra una historia;

fueron engañados por el diablo de la niebla.

El objetivo del bombardeo debería ser una isla deshabitada.

Entonces,

de acuerdo con el registro del ridículo error,

se habían cumplido setenta años.

La sombra del bambú todavía está en la puerta de la casa en llamas.

El péndulo del tiempo se negó a oscilar en desorden.

El timbre de la campana de la paz,

resuena.

Puede acercarse,

inclinándose profundamente

al sitio de la explosión original.

Los cuervos se precipitan, han afinado su voz.

La cascada artificial fluye

para saciar el calor de la tierra.

Tu garganta con una repentina sed y la puñalada de dolor.

8.

La gran estatua del emisario
está de pie en el altar.

Con un dedo señaló al cielo,
de donde vino el desastre.
La mano derecha alzada
llama por la paz humana y la liberación de la ambición.
El tirón hacia atrás, la pierna izquierda simboliza
la necesidad de apaciguamiento de la tierra sufrida.
La pierna derecha está lista para rescatar a las personas del mundo

Tú
pones numerosas grullas de papel
Entre flores y oraciones.

9.

Los oblicuos rayos del sol al atardecer penetran en el restaurante al
    final del barco.
Fuera de la cortina está el cálido puerto de Nagasaki;
los estudiantes agitan sus manos ante a la salida de la gran nave.

A la noche comienza el banquete.
Capitán y funcionario comercial llegan.
Los camareros suspenden en lo que respecta a decorar los platos.
Aparecen desde ambos lados escaleras de estilo real;
ondeando la servilleta blanca,
como la garza al regresar a casa vestida de forma de espiga.

El mago hace surgir una gaviota,
la deja ir
a perseguir las olas del mar

10.

Detenido en el barco, a veces.

El bar por la tarde;

encontraste con un poeta marino.

Para verter una taza de cerveza mexicana,

invitan

a los de alma intrépida hacia las olas.

El sol reflejado en sus mejillas;

la borracha gaviota humedeció la garganta

y cantó el viaje de vuelta a la isla

Bañarse en el lago de sal de Islandia

La sedienta lengua
lame la lengua salada.
Ninguna de las nuevas heridas en la piel
todavía esperan la eficacia del baño de sal.

Agarrando un puñado de barro blanco,
la mezcla especial de máscara facial.
Es el hielo y el fuego que estallaron desde el calor de la tierra;
todos enyesan su propio rostro.

El blanco, blanco yo, él y ella,
se miran el uno al otro.
No es como el horror que atestigua la historia moderna taiwanesa.

Oídos escuchan todo alrededor de
las bocas que hablan de todo.
No es como la era en la que la gente aleatoriamente se reía una de otra.

Me baño en el hielo y fuego que erupcionaron desde la tierra.

Patrón en el que el bacalao avanzaba a la deriva en la masa de agua.

Parece que un fuerte flujo de sal

me empuje ligeramente sobre la superficie del agua.

El sueño está todavía fresco

— Responder al Doctor Misionero Mackay

Tropezaron las huellas, llego tarde.
Inclinándose, el cuerpo lucha por avanzar
y subir la cuesta de la calle Mackay.

Date prisa hacia Mackay.
El frangipani está floreciendo en la antigua iglesia,
la lluvia cae sobre mi cabeza, mientras que, en el carril,

la estatua de Mackay vigila la calle;
Mira a lo lejos de la calle de Tamsui.
¿A quién estás esperando?

Esto me hace recordar un sueño de hace tiempo:
llevaba una pistola de madera, dirigiendo a los jóvenes de Ping-pu*,
dejando Tamsui para viajar a una selva.

Su casco estaba entrelazado con la paederia

cuando descubrió Yilan.

Se glorificó al Señor en voz alta: ¡Se ha encontrado Kavalán!

Le dio a los pobres la carne de caza;

otorga la parafina a la silvestre y empinada colina.

Tu vista es como peces nadando en Tamsui.

Limpió la dudosa mente de las mujeres;

las educó para leer, para conocer la dignidad y la lucha por sus

derechos.

Las errantes huellas visitaron el Salón Misionero de la Universidad

Aletheia**,

para reunirse con el Dr. Mackay.

Su figura se ha convertido en un capítulo histórico.

Del casco que llevaba todavía se puede oler la fragancia de la vid.

Mi sueño es todavía fresco.

N. de la T. :

  * Se trata del grupo étnico de Ping-pu, los aborígenes de las llanuras taiwanesas.

** Hoy en día, la Universidad Aletheia, el Colegio Básico de Enfermería Mackay, el Colegio Secundario Tamkang y el Colegio Teológico de Taiwán son instituciones que tienen orígenes en las escuelas que fundó Mackay.

Un sútil sorbo de té de rosella al amanecer

—28 de febrero, Día de la Paz* de 1999

Plantar un árbol de ceiba,

simplemente para distinguir los linderos.

El tronco desnudo sin follaje en enero,

aguarda que el florecer

carmesí acaricie las ramas en febrero,

todo un festín para las palomas silvestres en primavera.

La mañana me pertenece, al beber un sútil sorbo de té de rosella,

me percato que hoy es 28 de febrero, El Día de la Paz.

Y la rosella adquiere un aciago sabor amargo,

La ceiba se pintarrajea de un sufriente color.

¡Qué extraña alucinación!

¿De esta manera pago yo tributo a aquellos difuntos?,

una bandada blanca de palomas surca los cielos.

* **El Incidente del 28 de febrero** (en chino: 二二八事件, pinyin: *èr èr bā shì jiàn*) fue un levantamiento en Taiwán que se inició el 28 de febrero de 1947 y fue brutalmente reprimido por el gobierno chino del Kuomintang, resultando en la muerte de unos 30.000 civiles. Actualmente en esta fecha se conmemora en Taiwán el **Día de la Paz**. (N. de la T.)

El peso de un corazón

He recibido una carta
y dos frijoles rojos junto a ella.

Leyéndola reconozco tu franqueza y bondad
tu paciencia y devoción,
más tus titubeantes palabras al final... impiden que brote una de
   amor.

¡Ay!, el amor es capaz de enlazar corazones.
Tu timidez está revestida de los frijolitos rojos entregados para
   ocultar tus sentimientos.

Liviandad de un mal de amores
soportando el peso de un corazón
deseosa que el amor tenga un desenlace feliz.

El terremoto sacude mi menopausia

Debería poderse sofocar la ira.

Desafortunada la foto de bodas,

arrancada de la pared

se estrelló en la bendita habitación.

El terremoto del 921

Zarandeo una decadente remembranza.

Desde esa noche

he renunciado a acostarme en la cama.

Temeroso de romperse en mil pedazos está mi corazón.

Vigilante desde el sofá

el reloj de pared me golpea

cada vez que marca las dos menos trece de la madrugada.

No me puedo controlar.

Las sacudidas sísmicas se descarrilan nuevamente,

Ni siquiera puedo evitar su terrible devenir

que nunca me abandona.

Al despertar en la mañana

el rostro de una madre

aparece en el espejo por casualidad.

El cazador y yo

En la antigüedad fui un ciervo blanco descubriendo el lago del Sol y
la Luna
acechado sin tregua,
saltando
estaba en frente de
la ruta de un pueblo labrador de flores de osmanthus.

Debajo de un arbusto de gengibre silvestre,
Y en lo alto de una colina revestida toda de helechos,
por doquier van quedando atrás mis ajetreadas huellas.

Había una vez una garza nocturna
dormitando sobre un sampán por la mañana que declaró que la ley
marcial había terminado,
yo soy quien
cobardemente
yace oculto,

presuroso y veloz

tras aquellas desprolijas huellas.

todo se escabulle

en el dulce aroma del bosque de osmanthus,

pateando las escamas caídas del sol

y respirando el aire de principios de otoño, al mismo tiempo.

El cazador

sigue las pisadas desnudas del estanque

acechando sin tregua.

Se arma con el arco y la flecha

para capturarme.

La cola rota del geco

Sobre la hoja interior de la ventana
una que otra vez hay cacería.
Una cola, de repente, me enclaustra en la oscuridad de la noche
sobre la hoja exterior de la ventana

En el momento que una sombra despojada se levanta sobre el muro
la conciencia exhala una cicatriz fragmentada,
empero su raptar sagaz
ya ha revelado que vuelve a la vida.

Si a un corazón
lo enclaustro fuera de la ventana,
entonces ¿cómo puede resucitar
un amor malherido?

La pared tatuada

La pared de la escuela deja caer unas lágrimas
que los estudiantes se tatúan:

En la mano derecha:
"El servicio secreto contra los espías, todos tenemos la responsabilidad."
"Anticomunistas soviéticos, Recuperación de los territorios perdidos."
En la mano izquierda.

La pared
extiende
sus dolorosos brazos.

Una revolución silenciosa

Un funcionario, con gran ánimo dice:
El camino de Taiwán hacia la democracia comenzó a modo de
    revolución silenciosa.

¡Oh! Sí.
Este camino
fue inaugurado por los activistas pro-democráticos de esta isla
sentados calladamente en cárceles oscuras,
anhelando ser como esas cucarachas que entran y salen libremente
    por debajo de las puertas.

Una revolución escrita página por página, palabra por palabra
por hombres encarcelados
en la Isla Hoguera*,
estuvieron separados de sus esposas.
Fue esta mi profusa ilusión,
imaginando la tenue neblina blanquecina que principia la primavera,

que envuelve la caótica y sangrienta estampa de la plaza de la
  estación de tren,
imaginando los llantos de dolor que provocan las balas.
A través de la poesía el río Zengwun fluye rebelde hacia el mar,
  desolado, sigiloso.

Fue un gesto manso para promover la democracia,
fue un estímulo silencioso
en la oscuridad de la noche.

* La Isla Hoguera, el nombre antiguo de la Isla Verde, una pequeña isla
  situada en la costa oriental de Taiwán. (N. de la T.)

Los niños invaden el campo de flores

Los niños invaden el campo de flores.
Encuentran gusanos de seda enredados y apilados en la cesta
gritando de miedo y emoción.

Curiosos, los niños cuentan cuántos gusanos de seda están a la vista,
además de aquellos que se ocultan bajo las hojas de morera a la que
deboran felices.
Eran casi ochocientos gusanos de seda.

Los gritos descomunales de los niños ensordecen,
como el eco repicante de las campanas mañaneras y los tambores
nocturnos que permanecen por mucho tiempo en inhóspitas
tierras.
Fue el año de 1947.
Fue el día 28 de febrero.

Aquellos mártires fueron reportados en 1947,

se estima que fueron 2228 las víctimas.

Las que se escondieron debajo de las hojas de morera habían desaparecido

misteriosamente.

Eran aproximadamente diez mil.

Al cumplir un aniversario,

la imagen se torna en blanco y negro,

los dedos se vuelven suaves al jugar.

Mi terreno está colmado de semillas de compasión.

Cuando llega la temporada,

el cosmos florece en dieciocho mil flores de color rojo purpúreo y

además de las tristes flores blancas cubiertas con tierra

hay un total de veintiocho mil flores.

Los niños ahora vacacionan en paz,

invaden los campos de flores con sus palpitantes gritos ensordecedores

que atraen a curiosas e incontables mariposas amarillas.

Cazando la niebla

1. Ascendiendo al Vedai

En el sendero al Vedai
el viejo puente colgante de hierro,
como en mi infancia, se arrastra debajo de la sombra del agua
enlodado, atolondrado, grita tembloroso.

En Sandimen no se ha establecido un puesto fronterizo,
se lo atraviesa sin contratiempos.
El río Ai-Liao no tiene paso.

Cualquiera que sea el nombre del tifón
que retuerza con furia el puente,
la gente, en su frustración, lo reconstruye de nuevo
para ligarse a su terruño.

La brumosa cúspide de la montaña

¿es la que divisaba desde mi terruño cuando yo elevaba la mirada

    para contemplar a la águilas que al volar extendían sus alas?

Los pistilos de la flor de cerezo han brotado,

atraídos por la primavera

se han encumbrado en las ramas de Vedai.

2. La montaña Da Mu Mu

Las nubes tersas

de un color púrpura, gris y rosado,

piadosas nubes

cubren la montaña Da Mu Mu

Las nubes esquivas que se precipitan

poseen tonos rosados.

Un soplido bajo la brisa,

desata la solapa de la chaqueta de la misericordiosa Da Mu Mu,

El creciente macizo de Da Mu Mu

tiene unos senos nutridos

donde oculta a los seres que la habitan.

3. Las lágrimas de una pequeña azucena

Las estrellas no han aparecido en el cielo nocturno desde hace ya

    mucho tiempo,

se despliegan para buscar la resplandeciente niebla sobre el Vedai

Un trago ligero de licor.

Viene señora Carava,

habla con nosotros,

nos dice que a la gente de Rukai no le gusta beber licor,

aquellas palabras hicieron que mi copa se volteara.

Dice ella:

la botella vacía era un ornamento fútil.

El licor espeso de arroz

gorgotea con la canción y el baile,

gorgotea con la alegría y el dolor de la tribu

cuando por descuido, el licor

estalla en lágrimas de la pequeña azucena.

4. Gelatina de Aiyu de Taiwán

La gelatina de Aiyu de Taiwán

¡qué nombre tan refinado!

la planta silvestre

puede trepar hasta la altura de tres pisos

La polonización de las semillas de Aiyu

se propala a través de la simbiosis de la miel de las abejas

entremetidas en las ocupadas flores bisexuales,

propagan la amargura y el romance

del brumoso crepúsculo

apenas maleable y cristalino,

para degustar una taza

de gelatina de aiyu con limón y miel.

Wan-Moi, el retrato perfecto

En la calma de una pintura aparece sentada Wan Moi.

El tragaluz desparrama el polvo que fluye,

la luz contenida por gránulos amarillos procedentes de los árboles de
orquídeas

como un ramo de flores incrustado en su horquilla.

La luz levemente moviéndose,

las negruzcas solapas del traje muestran solemne elegancia.

El anillo de oro, la pulsera de plata brillan en la arrugada muñeca.

El dobladillo de la falda revela unos zapatos bordados de cabeza
redonda.

Wan Moi no tenía vendaje de pies.

Wan Moi vivía en el lienzo.

La mesa redonda de madera maciza

estaba cubierta por un mantel de encaje blanco.

Removidos estaban el pescado, la envidia, el trabajo duro, las
alucinaciones auditivas.

Había colocada una vasija de cerámica azul.

En la memoria quedan unos brazos arqueados como la curva de un

arcoiris.

Se sitúan la ternura familiar de una taza caliente,

Algunas rosas susurraron.

Wan Moi, sentada en la calma de un lienzo en blanco y negro.

Sus ojos

clavados en mis pasos cuando me movía a la derecha, y a la izquierda.

Ya no me estremece su amor:

Wan Moi, el retrato perfecto.

Los rayos del sol derrama un nauseabundo olor a huevos podridos

He olvidado ya el número del embarcadero.

He olvidado también el nombre de la embarcación.

Aún así, de 1973, el año en que me casé, tengo un recuerdo nítido,

un barco completamente repleto de púberes trabajadoras

zarpando de Chung Chou hacia la zona de procesamiento de exportaciones

en Kaohsiung.

Lentamente se adentraba en alta mar, dejaba atrás un puerto vibrante,

en el momento en que

los rayos del sol derramaron un nauseabundo olor a huevos podridos.

Las tormentosas olas golpean fortuitamente la cámara de

combustión que causa la fuga del combustible.

El rendimiento de la producción arruina accidentalmente la fama

exportadora.

El problema no está en la educación académica, las escuelas nocturnas
 admiten estudiantes.
La bonificación por asistencia completa es la moneda de negociación
 de las trabajadoras.

En la tarjeta de asistencia no debe aparecer la marca de advertencia.
El tiempo es preciso,
¡Barco! ¡Por favor, sé puntual! ¡Date prisa!

El dueño del barco se queja: las trabajadoras se esfuerzan por el
 primer lugar y la tardanza les atemoriza.
Las bicicletas en el barco van apretadas unas con otras.
La nave no funciona bien, tiene una pésima circulación sanguínea.
La proa mareada sufría una avería, se paraliza.

La nave se volcó repentinamente,
los medios gubernamentales hablan de veinticinco mujeres ahogadas.

En 1973, la tinta de mi pluma se secó.

La mano de obra y el capital.

¿Cuán impaciente es la urgencia de aclarar la sospechosa de un
    atropello?

mis poemas tartamudearon.

Cuarenta y cinco años pasaron,

el petróleo flotante del desastre se ha dragado completamente.

Sin embargo, los rayos del sol todavía derraman un nauseabundo
    olor a huevos podridos.

Poestisa

LI YU-FANG. Nacida en 1952. Ha sido galardonada con varios premios y honores entre ellos, "Poesía de Wu Zuo-lieu", "Premio de poesía Chen Hsiushi" o "Premio de poesía taiwanesa Rong-hou". Su obra de poesía incluye "El sabor a vida" (1989), "Girasol" (1996), "Té de Jamaica por la mañana" (2000), "Poemas reunidos por Li Yu-fang, en la serie de Poetas taiwaneses" (2010) y "Lámpara de flor" (2016). Así mismo, tiene la obra publicada "Gato" (1991) en tres idiomas: chino, inglés y japonés.

Traductora

Jui-Ling Chien, pseudónimo de Nuria Chien.

Poeta y traductora. Profesora del Centro de Educación Continua de la Universidad Feng Chia. Secretaria de la Facultad de Lenguas Extranjeras de la Universidad Providence, Taiwán. Intérprete en la ceremonia de apertura y el banquete de clausura del Festival Internacional de Poesía de Formosa en Tainan (Taiwán, 2015). Traductora del poemario *Promesa* por Chen Hsiu-chen (2017).

Sustentó la ponencia: "Vallejo y Lee Kuei-Shien, Poetas Del Amor A La Tierra Y El Compromiso Social", en la Universidad Nacional de Trujillo en el marco del XVIII Encuentro Internacional Itinerante Capulí, Vallejo y su Tierra, certamen en el cual fue distinguida con el laurel "Piedra negra sobre piedra blanca", en Santiago de Chuco, Perú.

　　簡瑞玲，靜宜大學外語學院祕書，兼任逢甲大學西文講師。
詩集《保證‧Promise‧Promesa──陳秀珍漢英西三語詩集》西班
牙文譯者。

語言文學類　PG2028　台灣詩叢08

島嶼的航行 The Voyage of Island
──利玉芳漢英西三語詩集

作　　者/利玉芳（Li Yu-Fang）
英語譯者/顏雪花（Catherine Yen）
西語譯者/簡瑞玲（Jui-Ling Chien）
叢書策劃/李魁賢（Lee Kuei-shien）
責任編輯/林昕平
圖文排版/周妤靜
封面設計/王嵩賀

發 行 人/宋政坤
法律顧問/毛國樑　律師
出版發行/秀威資訊科技股份有限公司
　　　　114台北市內湖區瑞光路76巷65號1樓
　　　　電話：+886-2-2796-3638　傳真：+886-2-2796-1377
　　　　http://www.showwe.com.tw
劃撥帳號/19563868　戶名：秀威資訊科技股份有限公司
　　　　讀者服務信箱：service@showwe.com.tw
展售門市/國家書店（松江門市）
　　　　104台北市中山區松江路209號1樓
　　　　電話：+886-2-2518-0207　傳真：+886-2-2518-0778
網路訂購/秀威網路書店：https://store.showwe.tw
　　　　國家網路書店：https://www.govbooks.com.tw

2018年4月　BOD一版
定價：230元
版權所有　翻印必究
本書如有缺頁、破損或裝訂錯誤，請寄回更換

國家圖書館出版品預行編目

島嶼的航行 The Voyage of Island：利玉芳漢英
　西三語詩集 / 利玉芳著；顏雪花英譯；簡瑞
　玲西譯. -- 一版. -- 臺北市：秀威資訊科技，
　2018.04
　　面；　公分. -- (台灣詩叢；8)
　BOD版
　ISBN 978-986-326-549-8(平裝)

863.51　　　　　　　　　　　107004756

讀者回函卡

感謝您購買本書，為提升服務品質，請填妥以下資料，將讀者回函卡直接寄
回或傳真本公司，收到您的寶貴意見後，我們會收藏記錄及檢討，謝謝！
如您需要了解本公司最新出版書目、購書優惠或企劃活動，歡迎您上網查詢
或下載相關資料：http:// www.showwe.com.tw

您購買的書名：_____

出生日期：_____年_____月_____日

學歷：□高中 (含) 以下　　□大專　　□研究所 (含) 以上

職業：□製造業　□金融業　□資訊業　□軍警　□傳播業　□自由業
　　　□服務業　□公務員　□教職　　□學生　□家管　□其它____

購書地點：□網路書店　□實體書店　□書展　□郵購　□贈閱　□其他

您從何得知本書的消息？

　　□網路書店　□實體書店　□網路搜尋　□電子報　□書訊　□雜誌
　　□傳播媒體　□親友推薦　□網站推薦　□部落格　□其他_____

您對本書的評價：(請填代號　1.非常滿意　2.滿意　3.尚可　4.再改進)

　　封面設計____　版面編排____　內容____　文／譯筆____　價格____

讀完書後您覺得：

　　□很有收穫　□有收穫　□收穫不多　□沒收穫

對我們的建議：_____

_____

_____

_____

11466
台北市內湖區瑞光路 76 巷 65 號 1 樓

秀威資訊科技股份有限公司 收

BOD 數位出版事業部

....

（請沿線對折寄回，謝謝！）

姓　　名：＿＿＿＿＿＿＿＿＿　年齡：＿＿＿＿　性別：□女　□男

郵遞區號：□□□□□

地　　址：＿＿＿＿＿＿＿＿＿＿＿＿＿＿＿＿＿＿＿＿＿＿＿

聯絡電話：(日)＿＿＿＿＿＿＿＿＿　(夜)＿＿＿＿＿＿＿＿＿＿

E-mail：＿＿＿＿＿＿＿＿＿＿＿＿＿＿＿＿＿＿＿＿＿＿＿